# 먼 우레처럼 다시 올 것이다

# 먼 우레처럼 다시 올 것이다

엄 원 태   시 집

창비

# 차 례

제1부

# 타나 호수

이제 너는 타나 호수로 돌아갔다. 세상에서 가장 아름답
다는 타나 호수, 내 침침한 흉강 한쪽에 넘칠 듯 펼쳐져 있
다. 거기에 이르려면 슬픔이 꾸역꾸역 치미는 횡경막을 건
너야 한다. 고통의 임계 지점, 수평선 넘어가면 젖가슴처럼
봉긋한 두개의 섬에 봉쇄수도원이 있다. 우리는 오래전 거
기서 죽었다. 파피루스 배 탕크와는 한때 내 몸이었다. 언젠
가 다시 그곳에 가리라. 그때면 너는 물론 거기 없을 테지
만, 한 무리 펠리컨들이 너를 대신해서 오천년쯤 날 기다려
주리라. 그때, 내 입에선 문득 악숨 말로 된 노래가 흘러나
올 것이다.

# 독무(獨舞)

검붉은 벽돌담을 배경으로
흰 비닐봉지 하나,
자늑자늑 바람을 껴안고 나부낀다.

바람은 두어평 담 밑에 서성이며 비닐봉지를 떠받친다.
저 말없는 바람은 나도 아는 바람이다.

산벚나무 꽃잎들을 바라보며 우두커니 서 있던 때, 눈물
젖은 내 뺨을 서늘히 어루만지던 그 바람이다.

병원 주차장에 쪼그리고 앉아 통증이 가라앉기만을 기다
리고 있을 때, 속수무책 깍지 낀 내 손가락들을 가만히 쓰
다듬어주던 그 바람이다.

제 몸 비워버린 비닐봉지는
하염없고 하염없는 몸짓을 보여준다.
저 적요한 독무는
상처의 발가락마저, 두 발마저, 지워버렸다.

# 일주(日柱)


1

겨울 저수지에 오전 내내 빛기둥이 선다.
명지바람 부는 날이면 수면 위에 은하수가 뜬다.


저 물별들은 쇠오리들의 무덤이다.
창공의 별들보다는 덧없을 테지만,
십억년 동안 생멸을 거듭해온
물의 영혼이다.


2

창문 깊숙이 햇살 비껴들어, 병상 발치까지 환하다. 내 몸
에, 빛기둥이 섰다. 몸에선, 기껏 살비듬 같은 먼지들이 떠
다닌다. 때로 그것들도 먼 별들처럼, 반짝인다.


수행승들은 스스로 토굴에 들어 용맹정진했다지만, 내
몸뚱이가 영락없이 토굴이다. 장좌불와(長坐不臥) 대신 장
와불립(長臥不立)이다. 한 오백년쯤 지난 후, 뜻밖의 어느
도굴꾼에 의해 관 속까지 비껴드는 한 줄기 햇살처럼, 한

소식처럼, 내 몸에도 빛기둥이 섰다. 늦은 오후, 겨울 햇살
덕분이다.

# 극지에서

### 1

온난화로 조차지(租借地)처럼 변해버린 허드슨 베이, 겨울 한 철 제외하면 더이상 북극곰의 제국이 아니다. 안 그래도 북극곰은 고독한 짐승. 너무 외로워서, 고독의 총량이 무려 구백 킬로그램에 달한다. 그래서 화이트아웃과 물범의 잠을 그리워한다. 하지만 극지의 봄은 따뜻해서 겨울이 다시 돌아올 때까지, 오로지 제 몸에 저장된 고독을 태우면서 버텨야 한다. 가을이 끝날 무렵이면 북극곰의 고독은 기껏 삼백 킬로그램 정도로 비쩍 말라붙는다. 북극토끼나 사할린뇌조는 그동안 세번 몸을 바꿔야 한다.

### 2

얼룩물범도 외롭기는 마찬가지다. 너무 외롭고 심심해서, 물범은 애써 잡은 먹이 목도리펭귄을 갖고 논다. 상처 입은 먹잇감을 수면에 가만히 띄워놓고 무슨 공처럼 입으로 툭툭 치며 논다. 그 방심의 순간, 펭귄은 죽을힘을 다해 육지로 도망친다. 하지만 이미 치명적인 상처를 입어, 붉은 피로 가슴이 물든다. 도적갈매기들이 이를 놓치지 않는다.

물범에겐 미안한 일이지만, 더 많이 먹으려면 외롭더라도
물속 깊이 숨어서 먹어야 하는 거다.


　　3
내 외로움은 덩치가 북극곰만하다.
무려 구백구십 킬로그램에 이른다.

하지만 내겐 갖고 놀 목도리펭귄이 없다.

# 4월

밭모퉁이 빈터에 달포 전부터 베로니카 은하가 떴다. 봄까치꽃이라고도 한다. 베로니카 은하에서 연보랏빛 통신이 방금 도착했다. 워낙 미약하여서 하마터면 놓칠 뻔했다. 인근 광대나물 은하까지는 불과 몇십 미터이지만, 꽃들에겐 우주만큼이나 아득한 거리일 터.

산자락 외진 무덤은 잔등에 쏟아부어놓은 듯 토종민들레를 뒤집어썼다. 노란 산개성단은 산길 옆 양지꽃 은하수에도 가득하다. 무덤가 잔디밭엔 제비꽃 플레이아데스성단이 떴다. 좀생이별이라고도 한다.

오늘은 탱자나무 울타리에 희고 둥근 꽃송이들이 가장자리를 환하게 밝히며, 게자리 프레세페성단처럼 떴다. 이 외진 곳은 복사꽃이나 배꽃처럼 전폭적인 초거대 별무리들로부터 수만광년쯤 떨어져 있어, 꿀벌 전령들도 어쩌다 힘겹게 들르는 곳이다.

어느 봄날엔가, 당신이 까닭 없이 서러워져 홀로 들길 걸

어 집으로 돌아가던 때, 저 외진 지상의 별무리들에게 그렁
그렁 눈물 어린 눈길을 주었던가. 그래선지 오늘 내가 거기
서 왠지 서러운 빛깔의 메시지를 전해 받는다. 슬픔도 저리
환하다.

# 마음을 얻는다는 것

십년이 넘는 공부 끝에야
암컷의 마음을 얻어 교미할 수 있는 새가 있다


코스타리카의 긴꼬리매너킨은 탱고 스텝의 달인들
그들의 일생은 가무(歌舞)에 바쳐진 셈
소년 매너킨은 생후 오년째부터 스스로 연마하여 몸을
만들고
육년째도 여전히 독학으로 노래와 춤 연습에 전념하다가
칠년째, 마침내 갈고닦은 노래로 스승의 마음을 얻어
문하생 생활을 시작한다면 그건 대체로 운이 좋은 편,
이렇게 해서 사부를 모시고 또다시 십년 공부


드디어 새침한 암컷 앞에 서면
사부가 먼저 절로 예를 갖추고
듀엣 노래와 솔로 나비춤으로 몸을 달군다
결정적 순간이 오면 등넘기 탱고가 시작되는데,
등넘기춤은 여느 탱고처럼 절묘한 타이밍과 박자가 생명
이다

암컷이 필생의 수십분짜리 이인조 춤 공연에 매혹되면
사부는 마침내 암컷의 마음을 얻게 되고,
제자는 비로소 조용히 물러나 독립하여
자신의 제자를 구하러 정처 없는 십년 공부 스승의 길을
떠난다


마음 얻기란 그런 것
적어도 십년 공부는 기본이다

# 탱자나무 까페

유자는 얽어도 손님상에 오르고
탱자는 고와도 똥밭에 구른다는 옛말 있다지만
탱자나무 제 처지 탓한 적 없을지니
그것만으로 그 심성 족히 짐작 가리라

햇빛을 좋아해서 저무는 석양 오래 기웃거리며
가만히 얼굴 붉히는 게 일과이고,
오전마다 계모임 하는 참새들의 수다를 묵묵히 들어주
면서
자릿값으론 고작 햇살 몇움큼 받는 게 전부,
어쩌다 호랑나비 신사가 몸에 묻은 햇빛을 털어내며
어둑한 입구에 들어서기라도 하면
마담은 얼른 거울을 반짝이며 매무새를 고치곤 했다는데,

탱자나무 까페엔 가시 굴헝 사이로 난 비밀통로와
허파꽈리 같은 밀실들이 하도 많지만
퇴폐업소 따위로 단속된 적은 한번도 없다는데,
스크루지 굴뚝새할아범이 들락거리며 맡겨놓은

금화들을 지키는 비밀금고라는 소문도 떠돌았고,
어떤 이는 거길 지날 때마다
촛불 빛이 창밖으로 새어나오는 걸 보았다 하고,
또 어떤 이는 익어가는 술 냄새가 제법 그윽했다는데,

탱자나무 까페엔 그 누구도 들어가본 적 없는
밀실 중의 밀실이 있으니,
수다쟁이 참새들은 감히 얼씬도 못하는 곳이라네

# 햇볕 아래 1

아파트 뒤 공장들 지나 산길 초입에 이르면
벗어놓은 양말만한 텃밭들 널려 있다
407호 저 꼬부랑 할마시, 혼자서 밭을 맨다
천식으로 끓는 주전자처럼 쌕쌕거리는 노파는
그냥 앉아 있기도 힘들 텐데,
수건 뒤집어쓴 채 파꽃 너머 밭고랑에 웅크렸다

6월 중순 햇살은 무르익어
물컹, 손에 잡힐 듯 뜨끈하다

노파는 이태 전, 교통사고로 아들을 잃었다
혼자된 며느리는 아파트 어귀에서 포장마차를 한다
장사는 그리 잘 안되지만, 낮에 잠자야 하는 건 마찬가
지다
아이 둘은 저희끼리만 붙어다닌다

노파는 위층 우리 집에 가끔씩
시든 푸성귀 가득한, 검은 비닐봉지를 갖다준다

쌕쌕대며 계단을 올라와서 주고 가는데
어머니는 그 호의를 조금 어색해하신다

저 땡볕 아래,
흰 수건 덮어쓴 슬픔 하나, 달팽이처럼 꼬무락거린다
쌕쌕, 숨 쉬는 소리가 예까지 들린다

# 햇볕 아래 2

무덤 옆 풀밭 공터 귀퉁이에
이주노동자의 것인 듯한 여행가방 하나 버려져 있다
그 옆에 단정하게 놓인 낡은 구두 한켤레는
주인이 마치 허공으로 사라져버린 것을 증명하듯
땡볕 아래 환하게 드러나 있다

그는 어쩌면 육체이탈* 중인지도 모르겠다
구름 속에 머리를 밀어넣자**, 신발만 남겨둔 채
온몸이 그 속으로 빨려들어가버렸는지도 모른다
지금은 구름마저 사라지고, 쨍쨍한 햇빛이다

그는 도대체 어디로 사라져버린 것인가?
생각하노라니, 문득 내가 전생의 어느 별에선가
가방마저 버린 채, 신발마저 벗어놓은 채
허둥지둥 떠나왔던 것은 아닌가 싶다

호기심 많은 누가 열어보았는지
반쯤 벌어진 가방에

내의며 남방 몇벌 흐트러져 있다

# 구름에 대하여

이 가을엔 구름에 대해 써야겠다고 마음먹는다. 구름에 대해서라면 누가 이미 그 불운한 가계의 내력과 독특한 취향까지 세세히 기록한 바 있고 심지어 선물상자라며 하늘 수박을 제멋대로 담아본 이도 있다지만, 구름은 뭣보다도 오리무중에 암중모색이 본색이자 기질이다.

그래선지 구름에 대해 아는 바가 별로 없다. 물론 양떼구름이니 새털구름이니 뭉게구름이니 하는 종류는 조금 안다. 하지만 그것들 또한 다만 형상일 뿐 구름의 본질은 아니라는 것도 안다.

내가 아는 것은 또 한가지, 구름이 환절기를 틈타 내 무릎이며 발목, 손가락 마디에까지 들어왔다. 산이마에 걸린 안개구름 속을 오래 걸었던 탓인지, 구름께서 친히 내게 왕림하셨다.

구름은 역시 가을 하늘이 제격이다. 허공이 모태이자 고향이며 무덤이기 때문이다. 서리 내린 가을 하늘만큼 새파

랗게 쓸쓸해지면, 누구나 구름의 심정을 약간은 알게 될지
도 모르겠다.

# 나무를 올려다보다

산길 옆 평상에 드러누워 상수리 숲을 올려다보면
빈 가지들 어우러져 이룬 궁륭이
넉넉히 한채 성당이다

나무들만큼
침묵을 값지게 실천할 줄 아는 수도사도 드물다 싶다
스테인드글라스는 아니지만
잔가지무늬 창문으로 비껴드는 햇살은 청빈해서 찬란하다
이 수도원에선 누구나
차별 없는 사함과 보속의 평화를 얻게 될 것이다
어쩌면, 까치나 까마귀들이 오래전부터 그걸 알고서
숲에다 제 영토를 마련했는지 모를 일이다

실체라는 건
늘 이따위 잡념을 통해서만
뒤늦게야 내 것이 되곤 하는데,

겨울 숲의 아름다움은

오로지 묵언으로 제 가진 것 털어내어
기도하듯 팔을 펼쳐든 나무들의 숭고가 이룬 것이다

나무들은 영혼이라는 언어를 가졌다

다람쥐 전령의 봄소식을
굳이 기다리지 않아도 되겠다

# 길을 가면서

산길 걷다보면 발아래 지렁이들이 자주 보인다
대개는 흙먼지를 뒤집어쓴 채 말라붙거나
짓밟혀 토막 난 몸을 겨우겨우 꿈틀거리고 있다
새들마저 외면하는 이 지난한 필사(必死)의 순례 행렬은
왜 반복되어야 하는 것인지

검은 유리를 두른 자동차들이 거칠게 내달리는
일몰의 산업도로를 건너려는 허리 굽은 노파의 막막함과
메마른 흙먼지길 가로질러 새 영역을 찾으려는
지렁이들의 이 무모함은 무엇이 같고 무엇이 다른지

갈색으로 퇴색해가는 사마귀와
식어가는 돌멩이 위에 미동도 없이 엎드린 잠자리와
마른 호흡으로 고통스레 죽어가는 지렁이의 육신들은
하나같이 같은 길을 애달프게 가고 가는구나

그악스럽던 매미들 울음은 그예 여운조차 없고
여치며 귀뚜라미들 울음마저 점점 희미해져간다

이제 숲마저 헐벗고 가지만 앙상할 겨울이 오면
저의 이슥한 깊이로 한층 더 컴컴해질 골짜기들처럼
생은 제각각의 어둠으로 저물어갈 것이다

# 강아지들

젖 뗄 때가 된 동네 강아지 셋
아침 산책 때면 먼저 알아보고 우르르 달려온다
와서는 제 몸에 묻은 먼지들을 떨어낸다
털에 달라붙은 늦봄 햇살까지 마구 털어놓는다

저희들끼리 밟고 깨물고 짓까불면서도
지척에서 알짱거릴 뿐, 쉽사리 손길을 허용하지 않는다
막내인 듯한 검둥이 암놈만
배를 드러내고 누워 다리를 달달 떨어댄다

개들에게선 어쩔 수 없이, 개 냄새가 난다
개들로선 어쩔 수 없는 것

저희들끼리 짓까불던 장난마저 심심해지자
네발로 우뚝 서서 무심한 듯 내 얼굴을 올려다본다
각각의 슬픔으로 여문 검은 눈망울을
서로가 처음인 듯 가만히 들여다보곤 하는 때가 있다

# 어떤 바깥

들길 옆 얕은 구덩이에 빛바랜 인조가죽 소파가 버려져 있다 가죽코트 차림의 술 취한 살찐 사내가 길가에 쓰러져 잠든 것 같았다 소파는 고집스럽게도 꼼짝 않고 엎드린 자세를 고수하고 있다 소파도 처음엔 들판의 밤바람이 춥고 새벽이슬에 몸 적시며 서러웠을 거다 뭣보다도 자신의 처지가 당황스러웠을 게다 평생을 실내에서만 지내온 소파에게 어느 저녁 트럭에 실려 도착한, 난데없이 바람 센 들판 외진 공터란 얼마나 터무니없는 장소일 것인가 '이건 정말 말도 안돼!' 혼잣말을 중얼거리며, 소파는 단단히 삐친 듯 몸을 더 웅크리며 돌아앉는 거였다 한 무더기 흙먼지 자욱하게 일어나 회오리치듯 몸을 뒤틀다가 어스레해지는 공중으로 흩어지고, 개밥바라기가 검붉은 구름 지평선 너머 사라졌다 이제 또 밤이 온 것이다

# 다만 흘러가는 것들

저녁의 공원은 세상의 평등함을 보여준다 장기판 주위에 쪼그려 앉거나 둘러선 늙은이들, 그저 구경꾼이거나 훈수꾼들인 머리가 벗어져가는 중늙은이들, 유모차 끌고 와 서툰 걸음마를 익히는 아기를 지켜보는 젊은 부부, 개를 안고 나와 뭔가를 보여주고 싶은 눈치의 젊은 아가씨들, 웃통을 아예 벗어젖힌 중년 커플, 식은 어묵 국물에 소주판을 질펀하게 벌인 아줌마 아저씨들, 한쪽에 꼬들꼬들 말라가는 김밥, 쇠리쇠리한 안경으로 의안을 감춘 비쩍 마른 할아버지, 꽉 다물어 비틀린 입술 중풍환자의 느리고 느린 산책, 여름 오후의 뜨거웠던 열기로 지친 표정이 역력한 광장 벤치들, 부근에 청춘의 하릴없음을 지겨워하는 젊디젊은 아이들

그것들을 가만히 내려다보는 저녁 하늘의 무심한 붉은 구름, 말없이 집으로 돌아가는 죽지 흰 새 몇, 그 아래 조용히 팔을 거두어들이는 잎 큰 후박나무들, 저 홀로 짙푸르러 어두워가는 느티나무 그늘 아래

제2부

# 별마을아파트

408호 꼬부랑노파별은 오년째 연락조차 없는 떠돌이별 아들 때문에 기초수급권 박탈은 물론 두달 기한 퇴거처분 통보까지 덤처럼 받았다. 초신성 폭발이란 늙은 별의 장렬한 최후를 일컫는다는 다큐멘터리가 방영되던 밤이었다. 결코 이천만광년이나 떨어진 은하의 일만은 아니었다. 1509호 우울증아저씨별은 석달 전 폭발은커녕 한순간 소리조차 없이 명멸하는 별똥별로 스러져갔다. 재개발이며 재건축 따위는 그저 먼 이웃 은하의 얘기였다.

읍내 노래방 나가는 704호 도우미아지매별의 퇴근길 노래가 긁힌 엘피판처럼 밤 깊은 마포종점에서 몇번이고 되돌이표별로 흐르는 밤이었다. 살다보면 개밥바라기같이 외로운 행성이라는 걸 누구나 알게 될 테지만, 이 별마을은 자체발광 대신 자주 자가발광을 해서 생의 에너지를 보충하곤 한다. 부부별 싸움에 아래윗집별 싸움, 아이별 싸움에 어른별 전쟁이 그것들이다. 회사의 부도 소식이 전해진 날에도 별반 다를 바 없이 한판 악다구니가 휩쓸고 지나간, 들판 가운데 홀로 우뚝 선 별마을 임대아파트의 얘기였다.

뭇별이 총총한 밤이었다.

# 시골 오토바이 면허 시험 있던 날

할아버지 한분 자꾸만 한쪽 눈 질끈 감고 뜬 눈에다 숟가
락 갖다대면서 시력검사원을 애먹이신다

주지스님은 정성스레 관세음보살을 염하시고, 오십줄 예
쁜이 아줌마는 내내 눈치에 애교 작전

당국에서 '제발 원동기 면허 시험 좀 보세요'라고 동네방
네 홍보하면서 오토바이 한대를 경품으로 내놓았다

몸집 좋은 아랫동네 아줌마가 당첨되자 덩실덩실 춤사위
를 펼쳤다 빼빼 마른 아저씨는 합격되자 우렁차게 만세삼
창이었다

늙수그레한 어르신들 행색이 꽤나 즐겁고 귀여우시다

시골 중학교 운동장에서 가을운동회처럼 펼쳐진 최고 평
균연령의 국가고시이자 한바탕 동네잔치였다

# 노래

가설식당 그늘 늙은 개가 하는 일은
온종일 무명 여가수의 흘러간 유행가를 듣는 것
턱을 땅바닥에 대고 엎드려 가만히 듣거나
심심한 듯 벌렁 드러누워 멀뚱멀뚱 듣는다

곡조의 애잔함 부스스 빠진 털에 다 배었다
희끗한 촉모 몇 올까지 마냥 젖었다
진작 목줄에서 놓여났지만, 어슬렁거릴 힘마저 없다
눈곱 낀 눈자위 그렁그렁, 가을 저수지 같다

노래를 틀어대는 주인아저씨보다
곡조의 처연함 몸으로 다 받아들인 개가
여가수의 노래를 더 사랑할 수밖에 없겠다

뼛속까지 사무친다는 게 저런 것이다
저 개는 다음 어느 생에선가 가수로 거듭날 게다
노래가 한 생애를 수술 바늘처럼 꿰뚫었다

# 6월

1

이 초록 공단엔 소음과 매연이 없다 삼교대 작업반이 연이어 투입된다 소리쟁이 반과 교대한 지칭개 반이 대충 일을 마칠 무렵이면, 어느샌가 보리뱅이 작업반이 한창 작업 중, 뭐 그런 식이다 당연히 태업이나 파업 따위도 없다 일단의 두상화들 수정 공정이 끝나면 전심전력, 꽃대 밀어올리기 작업이 진행된다

2

촛불집회가 오십일째 계속되자, 조뱅이 노조원들이 목화솜털 같은 두건을 쓰고 침묵시위에 들어갔다 소리쟁이 작업반장은 끝내 분신을 기도했다 '대토대물' '딱지' 벽보가 덕지덕지 붙은 모퉁이 담벼락 아래, 햇살 속에서 일어난 일이었다

3

포도밭엔 콘크리트 기둥들만 남았다 망월동 묘역이거나 국립묘지 같았다 하지만 애도와 추모는 그리 오래가지 못

했다 개망초 전경 열개 중대가 원천봉쇄에 들어갔기 때문
이다 마구 살포해놓은 소화기 분말 같은 흰 꽃송이들만 자
욱했다 연밭엔 부평초들이 가득했다 시청 앞 광장 같았다


4

　조립주택 별장 마당엔 접시꽃 기지국이 있다 허술한 블
록담 너머 기우뚱, 쓰러질 정도로 부쩍부쩍 키만 키우는 타
전(打電)이 있다 마당 한 귀퉁이 능소화도 안간힘이다 접시
안테나로는 미진한 듯, 트럼펫 같은 전언들로 가득하다 당
신이 오래, 거기 없었기 때문이다

# 민들레하우스

주인 내외가 나를
저수지 가 비닐하우스지기로 임명한 건 지난가을이다
갇혀 지낸 지 이백육십구일이 흘렀다
대체로 견디기 힘든 날들이었지만,
한겨울 밤 추위는 따로 기록해둘 만한 시련이었다
목줄에 바투 묶인 탓에 운동을 할 수 없었던 것도
고통스러운 일 중의 하나였다
그럭저럭 봄을 맞이하자
하우스 안 닭장에 병아리 스무마리가 추가 입양됐다
내 임무는 한층 뚜렷해졌는데, 목줄은 더 꼬이며 짧아졌다

주인 내외는
앞마당을 에워싼 철망 울타리에 강낭콩 덩굴을 올리고
하우스 출입문 위에는
공사장에서 주워온 '안전제일'이란 플라스틱 문패를 달
았는데,
최근엔 철책 게이트 옆에다 '민들레하우스'라는 앙증맞
은 팻말까지 달았다

그리하여 뜻밖에 평화롭다는 민들레영토의 지킴이가 되
었지만,
　목줄에 묶인 신세는 전혀 달라지지 않았다


여름 오기 전, 장맛비가 얼마간 열기를 식혀주겠지만
본격적인 더위를 견딜 각오 역시 만만찮을 게다
내 유일한 전략이란 명상과 낮잠,
그나마 낮잠이 조금 더 편한 선택 사항인 셈이다


민들레하우스 철책 안에는
상추며 쑥갓, 그리고 국화 화분 몇개가 전부,
나는 목줄이 풀리더라도 닭장은 물론이고
푸성귀며 화분 따윈 절대로 건드리지 않을 것인데,
주인 내외는 그런 나를 아직도 믿지 못해서
오늘도 목줄이 단단히 매였는지 확인하고 돌아갔다

# 미림근육연구소

미림근육연구소가 이태 만에 문을 닫았다


근육에 구름을 배합하는 방법과 비율을 수십년간 연구해
서 특허를 여럿 따냈다는 소장님은, 안개가 심한 날이면 근
육통을 호소하는 고객들의 항의에 시달렸다고 한다


근육엔 차라리 꽃잎 같은 걸 배합하는 게 더 낫지 않았을
까, 하고 그럴듯한 상상을 안해본 건 아니었지만, 인근에서
꽃집을 운영한다는 이혼한 전 부인의 협조 여부는 알려진
바 없다


올해도 매화며 벚꽃들은 길가에 소복하게 떨어져 바람에
흩날린다
주택가 백목련은 저 혼자 꽃대궐을 이루었다
아쉬운 대로 백목련을 배합했더라면, 하는 생각도 스쳐
갔을 것이다


끝내 가성소다를 주입하는 극약처방을 썼다는 소문만 흉

흥하지 않았더라도, 어쩌면 미림근육연구소는 그 이름대로
아름다운 근육의 숲을 울울창창 이루었을지도 모를 일이다

　어쨌든 다시 봄은 가고 여름이 채 오기도 전에,
　우리 동네 미림근육연구소는 그 짧은 생의 곤궁(困窮)을
다하여, 이제는 구름의 영역으로 사라지고 말았다

# 반달곰네 과일가게

반달가슴곰 부녀의 과일가게는
점심때가 지나서야 열린다

아빠 곰은 딸 하나가 전재산이다
아빠 곰은 겨울 동안 더 비쩍 말랐다
아빠 몫까지 뚱뚱한 딸 곰은
가슴에 커다란 반달을 두개나 달았다
얼굴은 더 큰 보름달이다
미간이 넓은 두 눈은 까맣게 빛나고
납작코에 부르튼 두꺼운 입술과 부스스한 단발머리
생각이 늘 모자란데다 행동마저 굼떠서
마흔 넘도록 시집 못 가고 아빠랑 산다

반달곰 부녀의 과일가게는 간판 따윈 없지만
과일상자를 번쩍번쩍 들어 옮기는
효녀 딸이 있어 알 사람은 다 아는 동네 명물이다
부녀는 좀체 씻는 법이라곤 없는데
꼬질꼬질한 손맛이 과일에도 배는 걸까,

과일들은 신통하게도 달고 시원했다


반달곰 부녀가 긴 겨울잠에서 깨어나
시장 입구에 과일가게를 열면
경칩도 이미 지나 동네엔 바야흐로 봄이 온 것이다

# 저수지 매점

저수지 옆 산길 초입에 움막을 짓고
간간이 오가는 산행객에게 막걸리나 음료를 파는 아주머
니는
곱게 늙었지만 육십줄은 좋이 들어 보인다
그늘막 밑에 앉아 나물을 다듬거나 책을 보는 게 일인데,
그 밖에 할 일이라곤
주변을 맴도는 강아지 두어마리와 혼잣말 주고받기가 전
부다
그마저 심심한 게, 강아지들이
시도 때도 없이 늘어져 낮잠에 빠지곤 했기 때문이다
'촌닭'이라고 삐뚜름하게 써놓은 나무간판만 혼자서
물가에 우두커니 제 그림자를 내려다보며 서 있곤 했다

장맛비에 무넘기를 넘쳐흐르던 물이 조금씩 줄어들듯
시간은 더디게 흐르고, 못물은 더 천천히 말라갈 것이다
예닐곱 낚싯대를 펼쳐놓은 낚시꾼은
텐트 안에서 낮잠 중인지 보이지 않고,
매미들 울음소리만 아카시아며 가죽나무 덤불숲을 가득

채우고 있다
　잠자리들마저 하나둘씩 사라지고 나면
　수면에 연한 물비늘 일으키던 바람은 저 혼자 심심해져서
　방죽 위에 드러누워 햇살에 한껏 몸 말리다가
　억새꽃 피면 후우, 하고 날숨 불어 허공에 갓털 날리곤 할
것이다

# 8월

비쩍 마른 사내가 낡은 자전거 타고 지나간다
자전거는 어미 찾는 강아지처럼 가늘게 깽깽거리는데
늦여름 햇살이 그걸 못내 안쓰러워한다


밭둑 옥수수들은
갈 데 없어 길모퉁이에 후줄근히 서 있던 영감님들 뒷모
습이다
토란잎들 큰 손뼉도 이젠 약간 힘이 빠진 듯
참깻단들은 어느새 훈련병 소총들처럼 열을 맞춰 세워
졌다


‘문화재지표시굴조사’ 작업으로 장방형 구덩이들이 폐
경작지에 생겨났지만,
굴삭기는 우두커니 멈춰선 때가 더 많았다
작업반 중늙은이들은 육교 밑 그늘에서 말없이 도시락을
먹고
무심하게 담배를 피우거나,
꼬부라진 채 토막잠에 빠져들곤 한다

길가에 노란 금줄 쳐지고, '위험, 접근금지' 팻말이 달렸다
자전거가 사라지자 여치 소리 문득 가까워지고
우유 수집 트럭이 저만치 스텐 탱크를 번쩍이며 지나간다

# 9월

포도밭의 철 이른 황폐가
들판의 가을을 성큼 끌어당긴다
연잎들도 어느새 녹슬거나 뒤집혀 말랐는데
허리 꺾인 대궁들은 영락없이 학살 현장 같다
은행나무도 마지막을 예감한 듯
잎보다 많은 열매들을 노랗게 달았는데,
벌써 여기저기 떨어져 밟히며 냄새를 피운다
마을은 빈집으로 가득 차가고,
생활의 누추(陋醜)란 9월 다 가도록 변함없어서
푸른 달개비 대신,
자욱한 며느리밑씻개나 고마리꽃 쪽으로 자꾸만 눈길
간다
　초로의 사내가 속죄하듯, 묵묵한 손으로 벌초해놓은 무
덤가엔
　새로 돋은 잔디가 저 혼자 파릇한데
새벽안개는 툭하면 산길을 지운다
지렁이들 무모하게 길 복판에 나와 말라가고,
접시거미 빈 둥지엔 독 품은 수은 몇 방울

발파작업 진동에 바르르, 떨고 있다
까마귀 날며 우짖는 빈 하늘이
홀로 적적한 듯 파랗게 멀어진다

# 가출

집 한채가 한나절 만에 사라졌다

어제까지도 멀쩡하던 집은,
마당 가득 흩어진 스티로폼 더미와
나뒹구는 장롱과 씽크대 수납장만 남겨놓고 사라져버
렸다

집이 자진해서, 내의를 벗어둔 채,
나동그라진 신발들만 남겨둔 채,
벌떡 일어나 가출해버린 것 같았다

어머니는 십이년 전 가출한 아우의 옷가지를
이사 때마다 갖고 다니신다
아내는 천덕꾸러기 옷 보따리를 유난히 지겨워하지만,
어머니 고집을 꺾을 수는 없을 게다

가출한 집은 어디서 잘 지내는지, 밥은 잘 챙겨 먹는지,
철 바뀌면 갈아입을 옷가지나 있는 건지,

나는 오늘 멀쩡히 잘 있다가 가출해버린 집을 보며,
어머니 애틋한 마음에 엉뚱한 측은지심을 덧대어보는 거다


마당 가득, 벗어 널어놓은 내의 같은 스티로폼 흩어져 있고,
측백나무 울타리 너머, 햇살 낭자하다

# 주저앉은 상엿집

철거의 압박을 못 견딘 듯
자진(自盡)해버린 것도 있었으니,
햇살에 폭삭 주저앉은 상엿집은
영락없이 한마리 죽은 짐승 몰골이다
제자리에 고스란히 주저앉아 말라가는 사체 같다
등뼈와 늑골들을 드러낸 채, 껍질 같은
낡은 기왓장들마저 등허리 뒤쪽으로 스스로 무너뜨리고
있다
이미 썩거나 메말라버린 마음인 듯
종이꽃들 퇴색하거나 쪼그라들어 내장마저 공허하고
속이 빈 것들은 속절없이 무너져내리는데,
문득, 짐승의 비틀린 발목을 들여다보게 되는 때가 있다
발톱마저 다 닳아버린 발가락까지 보일 때도 있다

주검이라면 구더기라도 들끓어야 마땅하거늘,
귀신 살던 몸이라 파리도 알을 슬지 못했나보다
메마른 부패, 미라 같은 사체가 짐승처럼 웅크리고 있다
마음의 일별(一瞥)이 그걸 세세히 어루만지고 돌아오면

오전 산책은 건조하게 마무리되곤 한다


소멸이 그다지 멀지 않다
삶이란, 언제나 죽음 지척의 일

# 대구선공원에서

철로가 이설되고 공원이 조성되자
그늘막 벤치들은 이내 동네 영감님들 차지가 되었다
반야월 역사(驛舍)는 역사적 가치를 인정받아
이전 복원되었다지만 뒤편에
문을 걸어 잠근 채 창고처럼 버려져 있고
광장엔 가을 햇살만 갈 길 바쁜 승객들인 양 붐빈다

산책하던 사람들 이따금 발이 꼬여 넘어질 뻔하니
따라나온 개들이 애꿎게 주춤거리며 꼬리를 감춘다

시간은 어디서든 무심히 흘러간다
아줌마들 모여 앉아 깔깔거리며 웃고
노인들 심드렁하니 드러눕거나 쪼그리고 앉은,
길가 좌판에 시들어가는 푸성귀며 가지 오이들이
저녁 바람을 견디고 있는, 그렇고 그런 날들이……

옮겨 심은 남천 울타리 아랫도리가 횡댕그렁하고
술패랭이며 섬백리향은 그새 말라붙어 팻말만 쓸쓸한데,

히말라야시다 구붓한 실루엣 위로 왈칵, 어둠 쏟아지자
가로등 하나 깜박, 뒤늦게야 눈을 뜬다

# 내 생의 봄날

아침에 눈뜰 때마다, 또 하루 '살아 있다'는 감동이 파도처럼 밀려오곤 한다. 사무치도록, 각별하고 아름다운 봄날이어서……

남들은 건강해지려고 걷는다는 산책길, 김영은(34)은 '살려고' 매일 두 차례씩 걷는다. 찔레꽃을 가만히 들여다보던 영은 씨, 말없이 시든 꽃잎 한 잎 한 잎 떼어내기 시작한다. 꽃잎들, 그녀 허물어진 가슴에 눈물처럼 뚝, 뚝, 떨어진다.

하얀 꽃 순박한,
별처럼 슬픈 꽃 달처럼 서러운,
찔레꽃 향기는 너무 슬퍼요
그래서 울었지 목 놓아 울었지*

낙엽이며 눈을 한결같이 쓸어내는 아버지가 있다. 하루도 빠짐없이 새벽 다섯시면 일어나 야채수프를 끓여주는 남편 전붕식(36)이 있다.

무엇보다도, 찔레꽃 봄날, 목숨 걸고 낳은 딸 시영이(1)가
있다.

# 희망호프집

희망호프는 공터 앞 상가 맨 안쪽에 있다 동쪽 끝 집인 덕분에 커다랗고 전망 좋은 동향 창을 갖게 되었다 창은 재산목록 1호이자 거의 유일한 희망이다 하지만 불행하게도 햇볕 잘 드는 오전에는 당연히 손님이 없게 마련이었다 게다가 치명적인 것은, 프라이드치킨을 취급하지 않는다는 거였다 그 탓인지, 지난 월드컵 특수 때도 별 재미를 못 봤다 그렇지만 희망호프는 그야말로 희망에다 또 호프 아닌가, 희망 하나 믿고 호프집을 꿋꿋이 지켜나가리라, 총각 사장님은 다짐해본다 정작 그도 동쪽 창에 가득한 햇살은 아직 제대로 본 적이 없다지만

제3부

# 아름다운 얼굴
촛불 앞에서

이 반투명의 흰 몸뚱어리는 오래된 기억의 숲을 거느린다. 몸의 미립자들은 숲의 낡은 목책(木柵)을 부수고 일시에 어둠을 터뜨릴 듯 몰려나온다. 갇혀 있던 희고 작은 애벌레들이 꼬물대며 길 위로 쏟아지는 심상을 내포한다는 점에서, 촛불은 혁명이다.

그대의 흰 얼굴과 짙은 눈썹은 가장 견고한 신념의 한 양식을 보여준다. 그것은 동성애적 연정을 불러일으키기까지 한다. 그대는 자신의 열정을 온전히 자신에게로 되돌려놓음으로써 무화(無化)될 수 있는 자세를 보여준다는 차원에서, 지사(志士)이다.

이것은 삶의 태도에 관한 문제이기도 하다. 아니, 존재한다는 엄연한 사실에 대한 지극한 이해의 한 모습이다. 그 집중력! 그대가 나를 꼼짝 못하게 하는 부분이다. 오로지 소멸을 지향하는 집중력이야말로 존재의 근원적인 에너지라는 이 역설을, 고요히, 그러나 전심전력 타오르는 촛불에서 본다.

# 녹음

5월 숲은 어항 속처럼 푸르다

수초(水草) 커튼이 드리워진 물속을 헤엄치듯, 송홧가루 흐르는 숲길을 유유히 걷고 있는 나는 치과용 마스크와 썬글라스를 썼다 햇살의 장침(長針)이 속살까지 파고들 때면, 숲은 이따금 온몸을 파르르 떨곤 했다

누구에겐들 푸른 청춘의 한때가 없었겠냐만, 이 녹음은 서늘한 그늘이라야 비로소 제맛이다 골짜기 흐르는 바람처럼 청량한 침묵이라야 제격이다 감히 범접 못할 저만의 내면이 숲의 녹음에도 있다

오늘은 이쯤에서 돌아가도 좋겠다 아내가 차려놓은 밥상을 마주하고 여유롭게 물 한잔 들이켜는 저녁 무렵, 여름의 앞날은 꽤나 창창할 것이다

# 2월

입춘 지나 바람 잦아들자 고집 센 저수지는 겨우 한쪽 옆구리 풀어, 쇠오리 몇마리의 자맥질을 허락한다. 발목 빨간 청둥오리들이 얼음 가장자리에 웅크리고 있다.

붉은 깃발 꽂힌 산자락 무덤들엔 이장 안내문 팻말이 명패처럼 박혔다. 소나무들도 제각각, 허리춤에 누런 테이프 두르고 어디론가 옮겨갈 채비를 마쳤다.

마른 덤불 덮인 탱자나무 울타리를 돌아갈 때, 어느 누옥의 연탄가스 냄새를 맡는다. 저 주저앉기 직전인 집들에, 담쟁이가 말라붙은 낡은 블록 담벼락 안에, 아직 사람이 산다.

마당에 솥을 걸고 폐목을 때서 나물을 삶는 노파가 있다. 종일 뜰 앞에 쪼그리고 앉아, 모닥불을 피우는 말라깽이 할아버지가 있다. 폐목은 이제 빈터마다 넘쳐난다.

자비사 앞 탱자나무 길을 중년 부부가 산행 차림으로 지나간다. 여자가 갑자기 소리 내어 운다. 꼬꾸라지듯 퍼질러

앉으며 운다, 반쯤 제 몸 푼다. 사내가 엉거주춤, 그 옆에 서서 어쩔 줄 모르고 내려다보고 있다.

# 나무가 말을 건네다

산길 내려오는데
리기다소나무에서 제법 굵은 삭정이가
한 걸음 앞쯤에 툭, 떨어진다
하마터면 머리에 맞을 뻔했는데
청설모 짓인가 해서 올려다보니 자취마저 없다

나무가 지나가는 내게
말없이 말을 건넨 것,
오래 견뎌온 고통을 호소하는 몸짓 같았다

나무라고 왜 괴로움과 슬픔 없겠는가,
그건 나무가 썩어가는 제 팔 하나를 스스로 잘라내가면
서 말을 건넨 것
뚜두둑, 부러지는 소리조차 없이
적요(寂寥) 가운데 일어난 일이었기에
나는 그 저릿함 받아안을 수 있었던 것

제대로 된 호소란 이렇듯

오래고 묵묵한 견인(堅忍)을 거쳐야 하는 게다


나무는 끝내 아무런 말이 없고,
습기 머금은 공기만 무겁도록 숲을 채우고 있었다

# 간벌(間伐)


산 아래 한 떼의
폭주족이 나타났다는 소문이 나돌았지만,
정작 숲에 모습을 드러낸 건 왜장(倭將) 몇이었다

갑옷 같은 방호복에 두건을 두른 투구를 썼고
말을 타진 않았지만 어깨에 멘 비검(秘劍)이 꽤 무거워
보였다


리기다소나무 숲은 더 컴컴하게 질리고
젖은 공기는 팽팽한 굉음으로 떨었다
종횡무진 칼날에 나무들은 픽, 픽, 쓰러져나갔다
쓰러진 몸통마저
그예 토막토막 내버렸다는 전설 같은 이야기


비명이 숲에 가득했지만 애도 따윈 없었다
생멸다반사가, 상처 많은 생이었다


때로 잘린 무릎에 보석 같은 진액이 반짝이곤 했지만

숲은 유해 발굴 현장 같았다


늦봄, 숲이 제법 훤해졌지만
햇살은 더 처연하고 서늘해졌다

# 여름 숲

1

산기슭 잡목림은 창문이 많은 방들이다 오래전 구름이나 안개가 전용출입구로 쓰다 버린 창문들이 방마다 빗살무늬로 컴컴하다 때로 낡은 창틀들만 기우뚱하곤 해서 거미줄 같은 칡넝쿨이 기세 좋게 달려들기도 한다 이따금 비바람 몰아칠 때면 숲의 입구는 얇은 유리창을 와장창, 깨뜨려서 지나는 이의 얼굴이나 어깨에 섬뜩하게 부서져내리기도 한다

2

장맛비 잠시 멈추자 꼬리털 말리러 나온 청서(靑鼠)가 운동 삼아 솔가지운동장을 종횡무진 내달린다 숲 바닥 곰개미네 낙엽마을까지 깊숙이 발을 들이밀었던 햇살이 미처 다 빠져나가기도 전에 또 여우비가 들이치곤 한다 도무지 말이라곤 없는 창문들이란 이래저래 눅눅하고 심심하기만 해서, 요즘은 좀체 와주지 않는 새털구름 대신 우중충한 먹장구름이나마 제 이마에 쓸쓸히 되비치곤 했다

3

생강나무며 산벚나무의 봄꽃놀이마저 이내 처연해진 후, 혼효림여인숙의 작은 방들은 한때 대책 없는 단벌정장 백구두 차림의 봄바람이란 사내가 주인 행세를 했다 한다 저 방들은 벽지가 누렇게 들뜬 채 말라붙도록 꽤 오랜 세월 가뭄을 견뎠다 그 보람인지, 며칠 새 노루궁뎅이버섯과 붉은 꾀꼬리버섯과 광대버섯 커플이 사글세를 들었다 지루하던 장맛비가 멈추고 숲그늘 짙어가는 때, 매미들 마지막 합창이 귀청을 뚫어놓을 듯 드높아지는

# 붉은 버섯을 보다

얼굴 흰 여자, 붉은 우산 쓰고 서성이는 장맛비 속에 마
냥 서 있었다 하필이면 등산로 입구 휴게소 주차장 구석
에…… 여자는 십리 들길을 혼자 걸어 연밭과 포도밭과 과
수원을 지나서 왔다고, 이따금 그렇게 서 있다가 홀연히 사
라지곤 한다고, 누가 알은체를 했다

상수리 숲 아래 젖은 낙엽더미 어깨 들썩이며 한숨 쉬는
것 보았다 나뭇잎들의 번들거리는 우울을 눈으로만 매만졌
다 능소화는 전봇대처럼 밑둥치만 남은 소나무를 타고 올
라 제 한 몸으로 화엄 만다라를 이루었다 그만하면 됐다

산비둘기가 살기 힘들다는 푸념처럼 울었다 나리꽃들은
끝내 묵묵부답, 저마다 자폐증을 앓고 있었다 젖은 공기 탓
이었다 누가 긴꼬리제비나비를 봤다고 말했다 다른 누가
불어난 개울을 건너다 징검돌 잘못 디뎌 정강이까지 물에
빠진 직후였다 자귀나무 분홍 꽃술은 어느새 퇴색했지만
그만하면 됐다

하산길에 붉은 버섯을 보았다 떡갈나무 아래 비탈이었던
가, 붉은 우산의 그녀가 거기 있었다


여자는 여전히 그 자리에 붙박인 듯, 아무것도 바라보지
않는 듯, 하염없이 허공을 향해 서 있었다


는개처럼 가는 비만 오락가락했다

# 눈보라

청강사 어귀를 버리고 종달리 해변 에움길 돌아간다. 두 문포구에 이르자 느닷없는 눈보라에 갇힌다.

자꾸만 한쪽으로 쏠리는 추억인 듯, 눈보라는 빗금으로 소용돌이치며 쓸려간다. 제 몸에 칼금을 새기며 마구 퍼부으면서 떠돌다가, 지상과 바다 위를 구분하지 않고 부딪치듯 내려앉는다.

들판 건너 지미오름은 상처 입은 들짐승처럼 몸을 낮게 웅크렸다.

전망대 휴게소에서 커피 한잔. 지척의 우도는 보이지 않는다. 잿빛 허공을 한참 건너다본다.

서빈백사와 동안경굴을 기억한다. 그러나 청강사에 대해서라면 할 말을 잊는다. 허물어진 마음의 성채이자 먼 소금 사막의 별들이다.

갯쑥부쟁이 꽃대들은 눈보라 속에서도 안간힘을 다해 허리를 곧추세운다.

# 후스루흐*

갓 낳은 제 새끼
젖 물리기를 완강히 거부하는
저 어미의 심정을 조금 알겠네

생이란 도대체 난산이어서
뼈저린 고통은 저토록 공포에 질리기도 하는 것
마두금 쟁쟁하고 명명한 선율에 실린
후스루흐 구슬픈 곡조는
단지 낙타 울음소리만 닮은 건 아니라네

눈물이 가장 아름다운 음악이자 위무라는 걸
저릿하게 보여주는 장면이기도 하네

마침내 마음을 연 어미가
제 새끼 받아들여 핥아주고 젖을 물리듯
가슴 깊이 흐르는 강 같은 쓸쓸함으로
징한 새끼 같은 삶을 받아들이곤 한다네

* 어미 낙타가 난산의 고통으로 새끼에게 젖 물리기를 거부하면
마두금 연주와 노래로 그 격심한 아픔을 위무해주는 의식을 통
해 새끼를 받아들이게 하는 몽골의 전통의식.

# 공중 무덤

1

백타산 구양봉은 사랑하는 여인 대신 무림고수의 길을 택한다. 결국 여인은 그의 형과 결혼한다. 십년 후, 사랑을 잃고 절망에 빠진 구양봉은 사막으로 가서 객잔을 짓고 냉소적인 살인청부 중개업자가 된다. 훗날, 사람들은 그를 서독(西毒)이라 부른다.

항상 동쪽에서 나타나 동사(東邪)라 불리게 될 황약사라는 친구가 있다. 역시 사랑의 상처로 떠돈다. 그는 구양봉을 사랑하는 여인을 사랑하여, 매년 복사꽃 피는 시절이면 친구를 찾아와 술을 마신다. 어느 봄날, 그는 '취생몽사'라는 술을 갖고 와서 친구에게 권한다. 끝내 구양봉을 잊지 못한 채 생을 마감한 백타산의 형수가 남긴 것이었다.

2

인간이 번뇌가 많은 것은 오로지 기억 때문이다. 잊을 수만 있다면 매일매일이 새로울 테지만 말이다. 세월은 간단없는 모래시계처럼 흘러내리고, 기억은 세월과 더불어 빛이 바래고 바스러져 재가 된다. 이윽고 '시간의 재'는 황량

한 사막 모래먼지처럼 세상을 덮을 듯, 자욱하게 떠오를 것
이다. 모두가 공중 무덤 같은 존재들이었다.


3

야산이 며칠 새 허리까지 깎여나가자, 무연분묘 한 쌍 허
공에 덩그렇게 떠올랐다. 제상에 나란히 오른 고봉밥 같기
도 했고, 오래전 떠난 애인의 젖무덤이거나, 사막 가운데 우
뚝 선 낙타 등 같았다. 저 아슬아슬한 허공 무덤은 생이 한
바탕 부유(浮游)라는 걸 보여준다. 저 무덤 객잔은 원래 거
기 있던 거였지만, 모래먼지처럼 떠올라 공중 사원(寺院)이
되었다.

# 생활

공작이 오늘은 두번 꼬리를 펼쳤다

일과처럼 정오쯤에 부채를 화려하게 펼쳐들었으나
암컷의 눈길은커녕 그 누구의 시선도 끌지 못했다

비닐막사 식당엔 계모임 온 중늙은이들이
낮술을 곁들인 점심을 먹느라 왁자지껄했지만,
아무도 부채 쇼 따위엔 관심을 보이지 않았다

오후 세시가 넘어 다시 힘껏 꼬리를 펼치자
때마침 지나던 젊은 부부와 아이들이 탄성을 지르며
연둣빛 철책에 바짝 다가붙었는데,
정작 암컷은 무심히도 눈길 한번 주지 않는다

암컷은 둥지나 은신처조차 여의치 않은
자갈바닥 휑한 철망 감옥이 꽤나 못마땅했을 테지만,
형편이 좀체 나아질 것 같지 않은 게 생활이다

노름판 사내들처럼 헛된 기대와 흥분으로
헛물만 켜곤 하는 게 대저 수컷들의 욕망인 셈인데
뒷산 녹음이 가짜 희망처럼, 헛소문처럼,
부풀어오르기 시작하는 5월이었다

# 토르소들

들길 옆 풀숲에 마네킹들이 버려져 있다
머리와 팔다리가 없는 몸통만이다
토르소라고 한다
몸통이란 말뜻 외에도 미완성이란 의미가 있다 한다
미완성인 채 나동그라진, 몸통째 슬픔들이다

어떤 것은 보자기에 싸여 있고
어떤 것은 플라스틱 몸통 그대로 벌거벗긴 채 나뒹군다
엎어진 것, 반듯이 누운 것, 거꾸로 처박힌 것, 모로 누운
것, 비스듬히 세워진 것
버려진 모양은 제각각이지만
하나같이 닳아버린 잿빛 쓸쓸함으로 닮아 있다

인간들도 일상이란 보따리에 꼼짝없이 묶여 있다가
언젠가, 저렇듯 현존의 외곽에 버려지곤 할 게다

풀잎들은 메말랐지만
구름과 안개의 처소인 허공은 지금 청량하다
하느님처럼, 부재하는 당신이 거기 있다

제4부

# 숲의 바람

추위가 몰려온다는 일기예보가 있었지만, 한랭전선은 중부지방까지만 차디찬 제 슬하의 기운을 뻗친 듯, 여긴 마치 덩치 큰 북국(北國) 여인의 긴 한숨 자락 같은 바람만 세차다.

바람은 제 모습을 보여주지 않지만, 메마른 나뭇가지들과 잎들의 무수한 전율을 통해 소리로만 저의 메마른 정신을 드러낸다. 뒹구는 가랑잎과 흙먼지를 통해 자취를 드러내기 전, 이명(耳鳴) 같은 신음부터 먼저 다가와 산책자의 온몸을 휩싸는 음울한 흐느낌의 긴 머리카락.

거대한 파도처럼 숲을 빠져나갈 땐, 물방울 같은 무수한 공기의 포말들이 눈가며 뺨을 살갑게 두드린다. 이토록 절실한 위무를, 세상 어느 애인에게서 받아보았더란 말인가.

# 9월

치르르르르르르르르르, 자전거 체인 소리에
비켜서며 돌아보니, 없다!

풀숲 여치 울음은, 꼭 뒤통수에 바짝 달라붙는다.

돌아서고 나서야 듣는다.

# 그림자 정인(情人)


카루소가 흐르는 나른한 오후
그녀에겐 잠깐씩 다녀가는 애인이 있다
그는 그림자 사나이, 섀도우 맨


창틈에 난 구멍은 그녀의 블랙홀
벽에 생긴 그림자는 그녀만의 은하수
햇빛이 실어다준 정인이 거기 있다


철책 무늬 그림자가 만드는 표정을
그녀는 가는 손가락으로 만난다
안녕, 섀도우 맨, 인사하고
엄지와 집게손가락으로 얼굴을 더듬는다
이건 눈, 이건 오뚝한 콧날,
달리와 달리 훨씬 깜찍한 수염,이라고 자랑한다
어때요 잘생겼지요?라고 말하자,
이제 곧 떠날 시간이 되었다


모심(慕心)이 정인을 만들었다고

그리움으로 그림자를 사랑하였노라고


그러나 인색한 구름은 고대 그마저 데려가버리고
안타까운 그녀는 행여
내일 날이라도 흐릴까, 지레 마음 졸인다

# 지금 여기

우연 아닌 삶이 또 있을까마는
단순한 방문객으로 살기엔
내 눈은 너무 많은 것을 보았고
몸의 감각 지나치게 예민하여
괴로움 또한 적지 않았다
나를 가둔 방은 춥거나 더웠으며
음식은 식었거나 딱딱하게 굳어 있었다
어떤 날은 국물에서 바퀴벌레가 나오기도 했다
하지만 지금 여기의 단 한번뿐인 이 삶은
대체로 살아볼 만한 것이었으니,
태초에 별들 사이를 흐르는 음악 같은 것이 있어
그 무시무종의 음률을 따라
나는 왔고 또 돌아가리란 걸 겨우 이해하고 나니
오고 감 또한 본래 없는 것이라 한다

이 무상(無常)을 견딜 방편이란
오로지 내가 당신을 껴안는 것
도리 없이 끌어안는* 것이니

지금 여기 이 삶은

너와 나라는 우주가 덩어리째 유정**하여

서로 끌어안아 얽히고설킨 하나였고 하나님이었다는

그 근원을 향해 가고 가는

도정(道程)에 다름 아닐지니

이 초라한 간이역***일지언정

잠시 머물렀다 가는 것

또한 그리 나쁘지 않으리라




*, *** 심보선의 시 「지금 여기」에서.
** 문인수의 시 「달북」에서.

# 소금사막

네 마음이 소금사막 같다고 했다

눈물이 하늘과 맞닿아, 밤이면
별바다에 빠진 듯하다는 여행기를 거듭 읽어도
너의 우기는 도무지 끝날 줄 모른다

내 근심은 이제 물고기섬 선인장처럼 가시가 굵다
때로 대책 없이 찔리곤 한다

소금사막에도 물의 눈이란 숨구멍이 있어
수정 같은 소금보석이 생겨난다지,
금강(金剛)이란 말뜻을
너의 우유니 사막 소식에서 되새겨보는 밤이다

소금호텔이 거기 있다 하지만,
소금식탁에서의 아침식사는 점잖게 사양하겠다

# 유등연지

거기 가는 길 찾지 못해 한참 헤맸습니다
얼마 만에 가는 건지도 기억나지 않았습니다
차창에 백지장 같은 햇살 비쳤습니다

홍련의 쇠락은 심드렁했지요
정자 그늘, 사람들마저 심심해 보였습니다

다리 아래 수면을 잠시 내려다보다가,
마름,이라고 중얼거렸습니다
무성한 연잎들을 마다하고, 하필 마름이었을까요
마름풀이 내 안에 들어왔지요, 오래갈 것 같습니다

세워둔 차가 그새 뜨거워졌고요,
바퀴에 들러붙은 흙덩이는 한참 동안이나
차의 아랫도리를 후두두둑, 두드렸습니다

# 싸락눈

고독은 그늘을 통해 말한다.

어쩌면 그늘에만 겨우 존재하는 것이 생일지도 모른다. 하지만 그늘로 인해 생은 깊어갈 것이다. 고통과 결핍이 그늘의 지층이며 습곡이다.

밤새 눈이 왔다.
말없이 말할 줄 아는, 싸락눈이었다.

# 파문

운부암 아래 물웅덩이에
작은 음악회가 열렸다


허공에 걸쳐진 소나무에 쌓인 봄눈이 녹아 떨어지며
바람 한점 없어 고요한 수면에
와인잔 연주나 오르골 소리처럼 동그란 파문들을 탄주
한다


저토록 영롱한 두드림은 일찍이 내 청춘에도 있었다
그 심금(心琴)의 떨림을 기억한다


내 이마는 미미하게 번져오던 그 촉감을
아직 잊지 않고 있다

# 개밥바라기



개밥바라기 뜨자
초승달은 구름 뒤로 사라졌다
하늘은 배고픈 개의 눈동자만큼 컴컴해진다

운문사 어귀 민박집 띠살문에
오후 내내, 소복 입은 햇살과
잿빛 도포 차림의 구름들이 번갈아 다녀갔다
이따금 바람이 마른 손가락으로 창호지를 긁어댔지만,
그들은 하나같이 아무런 말이 없었다
내 하얀 손바닥들도 할 말이 없긴 마찬가지였다

마당 한구석에서
늦은 저녁을 먹는 백구를 본다
개밥바라기는 저 혼자 찬 공중에 떠 있다
어둠별이라고도 한다

# 강 건너는 누떼처럼

먼 우레처럼
다시 올 것이다, 사랑이여.

그것을 마라 강 악어처럼 예감한다.

지축 울리는 누떼의 발소리처럼
멀리서 아득하게 올 것이다, 너는.

한바탕 피비린내가 강물에 퍼져가겠지,
밀리고 밀려서, 밀려드는 발길들
아주 가끔은, 그 발길에 밟혀 죽는 악어도 있다지만
주검을 딛고, 죽음을 건너는 무수한 발굽들 있다.

어쩔 수 없이,
네가 나를 건너가는 방식이다.

# 11월

불현듯 사방이 어두워졌다.
마음에 스위치 꺼지듯 딸깍, 하는 소리가 들렸다.


자주 깜박이는 추억에도 점멸장치가 있어
한동안 꺼놓았다가 필요할 때 켤 수 있으면 좋겠다.


만상이 그렇게 한순간에 늙어간다.
슬픔도 속살 메마르고 까칠해서, 부지불식간이다.


축생, 혹은 먼지 같은 날들,
생이 마냥 누추해지는 한 시절 있다.
추억이란, 어둠 속으로 제 그림자를 밀어넣는 일.


검은 외투를 걸친 어느 후생의 저녁은
설핏 뒷모습만 보여주고 가뭇없다.


허공에 총총하던, 무당거미들이 사라진 11월.
모두 다 사라진 것은 아닌 달.*

* ‘아라파호’ 인디언들이 11월을 지칭하는 말.

# 수행(修行)의 시학

양경언

## 1.

풍경을 그리는 작업에도 용기가 필요하다. 엄원태의 시를 읽고 있노라면 그런 생각이 든다. 시인의 손끝에서 비롯되는 말〔言〕로 시가 출발하는 것은 당연한 일일 것이다. 그러나 그 말이 누군가의 인식에 자리하는 순간, 시는 이미 또다른 몸이 된다. 시는 단지 '말해지는' 것이 아니라, 시인이 제 몸을 잃어가면서 마련하는 풍경이다. 이는 어쩌면 세 권의 시집을 거치고 오면서 삶이 건네는 고통을 '견딤의 시학'으로 관통해왔던 그가 이번 시집에 이를 무렵부터는 고통 역시 그 자체로의 풍경으로 인식하는 시선을 갖추게 되었다는 의미도 될 수 있겠다. 비참할 것도, 쓰라릴 것도, 소진에 대한 아쉬움도 없다. 감정들은 죄다 시의 편으로 건너가 일상에선 도무지 감당할 수 없었던 미망(迷妄)의 형상들을 시에게 내어준다. 그제야 비로소 시인은 고통과 거리를 두게 되는 것이다(이는 고통을 적으로 삼거나, 소거하는 방식과는 다른 것이다). ‘닳아가는’ 몸을 재료로 삼을수록 시의 몸은 내밀한 삼출과 지속적인 동요로 반짝이는 장소가 되어간다. 그러니 용기가 필요하다. “적요한 독무”(「독무(獨舞)」)를 추는 시인의 몸이 시에 포개질 때 독자인 우리가 말을 빚어낸 애초의 그를 찾을 새 없이 문득 “세상에서 가장 아름답다는” 타나 호수를 떠올릴 수 있도록. 해서, 흉강 한쪽에 호수를 품은 누군가의 몸-풍경이 우리의 인식 속에 새겨지기 시작(詩作)하도록.

이제 너는 타나 호수로 돌아갔다. 세상에서 가장 아름답다는 타나 호수, 내 침침한 흉강 한쪽에 넘칠 듯 펼쳐져 있다. 거기에 이르려면 슬픔이 꾸역꾸역 치미는 횡경막을 건너야 한다. 고통의 임계 지점, 수평선 넘어가면 젖가슴처럼 봉긋한 두개의 섬에 봉쇄수도원이 있다. 우리는 오래전 거기서 죽었다.

―「타나 호수」 부분

포유류에게만 주어질 수 있는 언어인 ‘흉강’의 한쪽, 심장과 식도, 폐가 있어야 할 누군가의 거기에 타나호수가 “펼쳐져 있다.” 그 소문을 당신도 들은 바 있었던 것 같은

데, 이는 시가 이미 당신을 '너'로 불러세웠기에 눈치챌 수 있는 상황이다. '너'의 지나간 때를 불현듯 끊어내기 위해, 심지어 시인이 이 시를 구상했을 과거의 모든 시간과 시인으로부터 촉발되었던 그 흔적이 모두 사라지기를 촉구하기 위해, 강경한 부사(副詞)인 "이제"가 시의 첫머리를 장식하도록 둔 자리에 '너'의 행위가 서술되어 있다. '너'는 알고 있었다는 얘기다. 타나 호수가 어디쯤에 있는지, 그리고 그 위치를 안다는 것은 무엇을 의미하는지. 피를 돌게 하거나 무언가를 소화한다거나 숨을 쉴 수 있도록 하는—포유류가 생존하기 위해 전적으로 매달릴 수밖에 없는—기능을 전담하기에는 글러버린 인간의 기관 대신에 '너'는 "세상에서 가장 아름답다는 타나 호수"를 발견하고, 거기로 "돌아갔다." 아름다움을 선취하는 댓가로 고통의 구역을 "꾸역꾸역" 건너야 했지만, '너'는 그럴 수 있었다. 생충동이 죽음충동의 다른 이름임을 이해하고 있는 이는 ("삶이란, 언제나 죽음 지척의 일", 「주저앉은 상엿집」) 고요함보다 고요함이 감추고 있는 삶의 격정을 읽어내고, 그를 더 사랑할 줄 아는 법이므로. 삶의 광포함을 삼키며 끝내 잔잔함을 지켜내는 타나 호수의 오래된 역사를 아름답다고 평하는 '너'는 애초부터 아름다움의 풍광은 인간의 "고통의 임계 지점"을 관통해야만 닿을 수 있는 것임을 인식하고 있는 것이다.

시는 인간들이 끝내 품을 수밖에 없는 한계를 숭고와 접

목시킨다. 인간의 시간이 도무지 좇을 수도 없는 자리에 "봉쇄수도원"의 묵상과 "한 무리 펠리컨"들의 비행을 새겨 넣고, 인간이 세상을 초월할 수 없다고 깨닫는 때마다 그 위치에 상상의 이미지들을 직조하는 방식을 제시하는 것이다. 비참과 쓰라림, 하물며 소진에 대한 아쉬움도 없이 굳건히 자연의 존재들이 "오천년쯤" "기다려주리라"는 발상은 여기에서 가능하다. 이를테면 다음과 같은 것이다. 예속을 벗어나는 역량을 발휘하면 할수록 시인의 몸은 사라지고 시만 남는다. "악숨 말"과 같이 오래전에 잊힌 말들이 호수의 물결과 도도한 섬과 한 무리의 새떼를 타고 와 현재 우리가 사용하는 말들과 엮이며 새로운 몸들을 생성한다. 시간은 선형적이라기보다는 순환적이고, 시를 이룬 몸들은 미래에 대한 조바심 때문에 현재를 낭비하지 않는다. 하지만 이마저도 구속이어서, 시를 이룬 몸들은 초월에 욕심을 내는 정서를 표현하지 않고, 초월을 동경하는 인간의 한숨을 존중하면서 드러낸다.

시집의 첫 시는 시집의 전체 인상을 좌우할 가능성이 크다. 자연이 역사를 앞질러 한몸을 이루는 시를 엄원태의 네 번째 시집의 첫 순서로 독자가 맞이하게 된 데에는 아무래도 그에 합당한 전제가 있는 듯하다. 고통을 풍경으로 인식하는 정황은, 시적 주체가 고통을 외부로부터 비롯된 타자로 여길 때가 아니라 고통 그 자체를 삶에 기입하여 짊어지고 가는 형국, 즉 스스로가 수행자로서의 삶에 들어섰음을 받아들이고 있다는 증명일 터이다. 「타나 호수」라는 통로로 초대된 우리들이 본 풍경은, 시인이 내내 꿈꾸었지만 끝내 가닿지 못한 세계이자 동시에 그 세계를 그리느라 부서진 마음으로 올라서 있는 순례길의 하나라고도 말할 수 있겠다. 그러니 시적 주체가 "내 입에선 문득 악슴 말로 된 노래가 흘러나올 것이다"라고 가정했을 때, 우리가 '문득'이라는 부사의 돌연함을 느끼는 건 당연하다. 수행 과정 속에서 '문득' 비약의 순간을 맞이할 수 있겠지만, 그조차도 수행을 중단 없이 지속했을 때야 겨우 찾아오는 것이기 때문이다. 독자여, 이 아득함을 끌어안고 당신은 시인이 제시한 삶을 관통하는 방식에 가담할 수 있겠는가. 이 물음은 첫번째 시에서부터 우리에게 던져져 시집을 읽는 줄곧 우리를 따라다닐 질문이다. 혹은 시를 이룬 몸들의 손을 놓치지 않고 당신 자신 역시도 시작(詩作)할 수 있겠는가, 하고.


2.


괴테는 "자연적 존재의 관계·조합·생장에서 가장 순수하고 가장 전형적인 경우"(수잔 벅 모스, 김정아 옮김 『발터 벤야민과 아케이드 프로젝트』, 문학동네 2004, 101면)를 설명하기 위해 '원현상'이라는 개념을 제안했었다. 이는 "빛과 어둠에서 색깔이 생겨나는 것, 지구 중력에 의한 규칙적인 조수간만, 기후 변화의 원천, 식물이 잎사귀 모양으로 자라는 것, 척추의 유형"(같은 곳) 등과 같이 드러나는 바로 그것, 우리가 마음속의 광경일 뿐이라고 착각하지만 때때로 주의 깊은 관찰자의 눈앞에서야 비로소 노출이 되는 현실 그 자체를 일컫는 말이다. 물론 괴테는, 생물학에서 지식의 대상이 환원 불가능한 관찰 행위를 통해 무매개적으로 인식된다는 설명을 하기 위해 시적 유추로서의 상징이 아니라 '이념적 상징'으로서의 원현상을 설명했었다. 하지만 살아 있는 유기체의 원형식이 경험적으로 존재한다고 믿고, 그를 감각적 형식으로 나타내려는 시도를 두고, 이를 엄원태의 시작법과 별개라고 마냥 부정할 수는 없을 것 같다. 벤야민이 괴테의 '원현상'이라는 근본 개념을 자연에서 역사의 영역으로 옮겨가 그 개념을 전유하는 일에 힘을 할애했다면, 엄원태의 경우는 거꾸로 역사가 자연의 영역과 합치되어 (필자가 앞서 1절에서 표현했던 바를 다시 사용하자면, "자연이 역사를 앞질러 한몸을 이루는"), 인간화된 시선으로 조명한 자연이 그 시선을 뛰어넘어 자연의 영역 그 자체를 더욱 가시화하는 방식이라 할 수 있겠다. 시적 주체(관찰자)가 온난화로 황폐해진 허드슨 베이에서 간신히 연명 중인 북극곰의 외로움을 헤아리고, 자신의 고독의 총량을 고

백한다거나 (「극지에서」), 코스타리카의 긴꼬리매너킨이 십년 넘게 가무를 익혀 암컷의 마음을 사로잡아 교미의 기회를 얻는 상황을 지켜보며 "마음 얻기"란 적어도 "십년 공부는 기본"이라는 교리를 설파하는 상황 (「마음을 얻는다는 것」), 산길 옆 평상에 드러누워 올려다 본 상수리나무 숲은 "영혼이라는 언어"를 가져서 "오로지 묵언으로"만 숭고를 이루고 있다며 "잡념을 통해서만/뒤늦게야" '실체'를 실감하는 정황을 반성하는 일(「나무를 올려다보다」) 등은 모두 현상의 이면보다는 현상 자체에서 무언가를 찾으려는 시인의 시도가 돋보이는 시적 현장이라 할 수 있다. 그 와중에 「6월」과 같은 시는 특별한데, 6월 내내 살이 오르는 자연 풍광을 촛불집회와 시청 앞 광장에 대한 묘사와 더불어 그려내고 있기 때문이다("포도밭엔 콘크리트 기둥들만 남았다 망월동 묘역이거나 국립묘지 같았다 하지만 애도와 추모는 그리 오래가지 못했다 개망초 전경 열개 중대가 원천봉쇄에 들어갔기 때문이다 마구 살포해놓은 소화기 분말 같은 흰 꽃송이들만 자욱했다 연밭엔 부평초들이 가득했다 시청 앞 광장 같았다", 「6월」). 자연의 영원한 순환성도 역사의 현재성과의 교직을 통해서야 가능할 수 있는 성질임이 여기에서 드러난다.

희한한 일은, 시에서 묘사되는 '원현상'이 뚜렷해질수록 그를 서술하고 있는 자의 시선 역시도 두드러진다는 데에 있을 것이다. 시인이 제 몸을 바쳐 마련한 시 내부의 또 다른 몸들의 풍경은 그를 지켜보는 자의 응시로 포착되고, 이를 우리가 '원현상'이라고 일컬을 때 시적 주체의 의식과 시적 현장의 존재들 간의 연관이 연루되면서 '사유가 가능한' 풍경 개념의 가능성이 전략적으로 타진되는 것이다.

저녁의 공원은 세상의 평등함을 보여준다 (…) // 그것들을 가만히 내려다보는 저녁 하늘의 무심한 붉은 구름, 말없이 집으로 돌아가는 죽지 흰 새 몇, 그 아래 조용히 팔을 거두어들이는 잎 큰 후박나무들, 저 홀로 짙푸르러 어두워가는 느티나무 그늘 아래

—「다만 흘러가는 것들」부분

왜 이런 일이 벌어졌는가에 대한 질문을 사양한 채 저녁 공원을 묘사한 시다. 우리의 질문이 과연 풍경을 그리는 시선은 누구의 것이며 무엇을 위해 풍경을 '그리는' 일이 지속되고 있는지를 향해 있다면 매우 흥미로울 작품이다. 읽는 이에 따라서는 2연에서 "그것들을 가만히 내려다보는" 이후에 오는 "붉은 구름" "죽지 흰 새" "후박나무들" "느티나무 그늘"이 자칫 열거법으로 비쳐 이들 모두가 동등하게 조망권을 획득하고 있는 것으로 여겨질 수도 있겠지만, 그것만이 이 시를 읽는 방식의 전부가 아니기 때문이다. 이 모든 존재들이 오히려 점강법으로 느티나무 그늘 아래에

서서 기록을 전담하고 있는 누군가의 형상을 이루는 일에 집약되고 있음을 주목할 필요가 있겠다. '다만 흘러가는 것들'을 포착하기 위해 시적 주체는 1연에서 공원 안에 '동등하게' 배치된 다양한 사람들에 고루고루 시선을 던지는데, 여기에 비친 사람들 모두는 역동적이라고 할 수 있을 만큼 자신의 존재를 생생하게 드러내는 일에 망설임이 없다. 사람들의 행위가 묘사되는 그 자체로부터 빚어지는 삶의 어떤 운동성. 시적 주체의 시선과 표현 속에서 나타난 이들은 삶의 제유이자 일종의 소우주, 자립적인 완성이 은폐된 총체성의 표징이라고도 볼 수 있지 않을까. "풍경이란 모나드로서의 대상이 내재적으로 함장하는 세계의 이미지"(김홍중『마음의 사회학』, 문학동네 2009, 170면)라는 점이 1연에서 드러나는 것이다. 그렇다면 이를 굳이 기록하고 있는 "느티나무 그늘 아래"의 시선은 그 풍경에 섞일 수 없는 저 자신을 굳이 그 곁에 두고자 하는 의도에 따른 것이라 여길 수도 있겠다. 풍경을 기록하는 시선 역시도 이미 풍경의 한 축으로 들어가, 시의 몸을 이루는 일에 한몫을 하는 것이다. 때문에 잠깐 포착된 형상들이 '다만 흘러가는 것들'이라는 제목과 포개질 때, 시적 주체의 시선이나 시적 주체가 조망하는 많은 이들이 어우러진 풍경은—그 자신이 영원하지 않다는 사실을 알려주고 있음에도—쓸쓸함의 정서보다는 삶의 순환을 정당하게 수용할 줄 아는 자세가 내보이는 겸

허를 전하는 것 같다.

시적 현장의 풍경을 '원현상'으로 완성하는 시적 주체의 시선 역시도 시를 이루는 몸의 일부로 포섭할 수 있게끔 돕는 수사(修辭)가 의인화다. 이를테면 땡볕 아래 환하게 노출되어 있는 여행가방을 이주노동자의 삶과 대입한다거나(「햇볕 아래 2」), 들길 옆 얕은 구덩이에 버려진 인조가죽 소파를 술 취한 사내처럼 여기는 정황(「어떤 바깥」), 노래를 틀어대는 주인 아저씨보다 개가 오히려 "곡조의 처연함"을 온몸으로 받아들일 줄 안다며 인간의 감정을 지닌 개를 그리기도 하고(「노래」) 때때로 무너진 집을 두고 "집이 자진해서 내의를 벗어둔 채" 벌떡 일어나 가출해버린 것 같다고 말하는 정황(「가출」) 모두 차마 얼굴을 그리지 못하고 몸만으로 의인화를 표현한 경우다. 시적 주체는 이들에 관해 알은체하며 덤비는 대신 이들의 몸과 경계가 흐릿한 정동을 나누며 시적 풍경을 대두시킨다. 여러 몸이 형상화된 풍경을 그리는 작업이야말로 마치 그간에 이름을 부를 수 없었던 존재에 대한 애도를 행할 수 있는 일이라도 되는 듯이.


3.


비쩍 마른 사내가 낡은 자전거를 타고 지나가는 모습을

보며 "늦여름 햇살이" "못내 안쓰러워"해주기도 하고(「8
월」), 뒷산 녹음이 "부풀어오르기 시작하는" 모습을 통해
"가짜 희망처럼, 헛소문처럼" 삶에 대한 기대감이 확장되
었다가 사라지는 과정이 제시될 수 있듯(「생활」), 의인화는
시인이 직접적인 목소리를 내지 않아도 되는 수사의 일종
이다. 이는 시인이 사라져도 시로 건너간 많은 감정들이 생
생할 수 있는 이유의 한가지이기도 하다. 고쳐 말하자면, 어
떤 시인은 기억되기 위해서가 아니라 더욱 잘 잊히기 위해,
더욱 잘 사라지기 위해, 삶의 수행(修行)으로서의 시작(詩
作)을 감당한다.


　　야산이 며칠 새 허리까지 깎여나가자, 무연분묘 한 쌍
　　허공에 덩그렇게 떠올랐다. 제상에 나란히 오른 고봉밥
　　같기도 했고, 오래전 떠난 애인의 젖무덤이거나, 사막 가
　　운데 우뚝 선 낙타 등 같았다. 저 아슬아슬한 허공 무덤은
　　생이 한바탕 부유(浮游)라는 걸 보여준다. 저 무덤 객잔은
　　원래 거기 있던 거였지만, 모래먼지처럼 떠올라 공중 사
　　원(寺院)이 되었다.

―「공중 무덤」 부분


인용한 위의 시의 바로 앞선 부분에서 시적 주체는 "인간
이 번뇌가 많은 것은 오로지 기억 때문"임을 강조한 바 있

다. "생이 한바탕 부유"라면, 우리가 어떤 존재들을 다시 불러들여 그에 대한 노래를 이어간다고 하더라도, 이들은 곧 다른 모습으로 전화(轉化)되기 위한 순간의 사유 이미지일 뿐이다. 애도란 본래 리비도를 계속해서 다른 대상에 투사할 수 있도록 그 방향의 전환을 유연히 하는 방식에서 가능한 것이므로, 변화무쌍한 형상들은 고통을 삶의 근원으로 삼고 내내 '공중 무덤'과 같이 쌓임과 흩어짐을 반복할 것이다. 그래서 그런지 여느 시집보다 더 강화된 운동적인 풍경이, 또한 그에 대한 응시가 성숙해 보이면서도 한편 경이롭다. 고통을 삶의 일부로 받아들인 자의 손을 잡고 그를 따라다닐 자신이 우리에게 있는지 되물어지기 때문이다. 그러든지 말든지 시는 용기 있게 저편으로 성큼 건너간다. 시의 몸들은 우리와 같은 세상에 있는 것이 분명한데, 이미 저만치 앞서간 듯하다.

해석의 언어가 그를 결코 따라가지 못할 것임을 안다. 해석자는 멀리, 시의 몸들이 떠나가는 뒷모습을 보며, 한때 붙잡은 줄 알았다가 놓쳐버렸던 시의 손목에 대한 기억만을 떠안고 그렇게 해설을 써야 한다는 것도. 그런데, 해석자만 그러하겠는가. 차마 뒤돌아보지 못하고 앞서 나가 풍경을 생성하는 시 역시도 마찬가지일 것이다. 멀리서 서로를 생각하는 마음만이 남는 것이다. 그러나 우리는 생과 연루된 서로를 잊을 것이다. 다만 그에 대한 기록을 내내 시

적 풍경에 남길 것임을, 굳이 말하지 않아도, 예감하고 있
을 뿐이다.

梁景彦 | 문학평론가

『물방울 무덤』 이후 대구의 동북쪽 변두리로 이사를 왔다. 자연스레 내 산책도 '신서혁신도시'가 들어설 고속도로 건너편 초례봉 산자락 들길을 오가는 것이 되었다. 무릇 만상이 소멸의 운명에서 예외일 수 없을 테지만, 이른바 소멸의 역동성과 드라마틱함을 '혁신'이라는 모토를 내세운 신개발지에서 생생하게 목도할 수 있었다. 6년 만에 묶는 이번 시집은 이를테면 그렇게 덧없이 사라져간 것들에 대한 기록이자 애도인 셈이다.

이번 시집은 개인적으로 내 생의 가장 중차대한 고비에 한 매듭처럼 묶이는 것일 터이다. 시집이 세상에 나올 때쯤이면, 나도 새 생명으로 거듭나 세상의 빛을 새삼 경이로운 시선으로 바라볼 수 있을 것이다. 이 어둠이, 새벽이 동트기 직전의 미명(未明)이기를 바란다.

2013년 여름 신서동 우거에서
엄원태

창비시선 363

**먼 우레처럼 다시 올 것이다**

초판 1쇄 발행/2013년 7월 22일

지은이/엄원태
펴낸이/강일우
책임편집/윤자영
펴낸곳/(주)창비
등록/1986년 8월 5일 제85호
주소/413-120 경기도 파주시 회동길 184
전화/031-955-3333
팩시밀리/영업 031-955-3399 편집 031-955-3400
홈페이지/www.changbi.com
전자우편/lit@changbi.com

ⓒ 엄원태 2013
ISBN 978-89-364-2363-6 03810